불쑥 물앵두꽃이 피었다

시작시인선 0490 불쑥 물앵두꽃이 피었다

1판 1쇄 펴낸날 2023년 11월 6일
지은이 이상인
펴낸이 이재무
기획위원 김춘식, 유성호, 이형권, 임지연, 홍용희
책임편집 박예솔
편집디자인 민성돈, 김지웅, 정영아
펴낸곳 (주)천년의시작
등록번호 제301-2012-033호
등록일자 2006년 1월 10일
주소 (03132) 서울시 종로구 삼일대로32길 36 운현신화타워 502호
전화 02-723-8668
팩스 02-723-8630
블로그 blog.naver.com/poemsijak
이메일 poemsijak@hanmail.net

ⓒ이상인, 2023, printed in Seoul, Korea

ISBN 978-89-6021-742-3 04810
     978-89-6021-069-1 04810(세트)

값 11,000원

불쑥 물앵두꽃이 피었다

이상인

천년의시작

시인의 말

사과꽃이 피었다.

벌들이 잉잉대며 모여들어
축복해 준다.

사과가 무럭무럭 자라더니
빨갛게 익었다.

이제 시 몇 개 따 들고
맛보시라고 올려 드린다.

시고 달고 사각사각
그대의 입술 속에서
나는 즐겁게 씹히리라.

2023년 사과 익은 가을
이상인.

차 례

시인의 말

제1부

제2부

제3부

제4부

해 설

제1부

불쑥 물앵두꽃이 피었다

물앵두꽃이 피었다.
벌써 잘 익은 앵두 따 먹을 생각에
잠을 설치는 날이 많을 것이다.

앵두를 좋아하던 사람을 가만히 떠올려 보고
그 떠난 자리에 핀 앵두꽃을 오래 바라보면
앵두 익어 눈 붉어진 아침이
손님처럼 느닷없이 찾아올지도 모르겠다.

다시 태어난다는 것도
뜨겁게 사랑하다가 떠나가는 것도
지우개로 쓱쓱 지우듯 죽음을 맞이하는 일도
단지 때맞추어 찾아오는 아름다운 인연이라고

불쑥 물앵두꽃이 피었다.
그동안 아끼며 슬그머니 가려 놓았던 사랑이
자신을 깊이 되새겨 보며 피었다, 진다.

종소리

멀리 있는 너에게 사랑을 들려주기 위해
나는 아파서 더 크게 울어야 한다.
온몸이 깨어지는 아픔을 견디며
속 깊은 울음을 울어야
비로소 사랑이 네게 닿을 수 있다.

깊은 상처

배롱나무들이
울컥울컥 꽃을 토해 내고 있다.

그래 꽃을 피운다는 것은
제 몸 어딘가에 상처가 있기 때문이다.
그 상처가 깊으면 깊을수록
처절하게 아름다운 꽃을 뱉어 낸다.

우리는 누군가 오래 견디다가
아프게 뱉어 낸 꽃들이다.

자꾸 말을 걸고 싶어진다

봄이 되니 자꾸 말을 걸고 싶어진다.
주절 주저리 매화가 피었다고
직박구리 꿀 따기 전에 좀 가져가겠다고
사정하는 조잘거림 알아듣게 번역해서
너에게 전송해 주고 싶다.

너는 봄이 되니 무엇을 말하고 싶어지니

차츰 눈 풀린 앞 강물이
어서 오라고 뒤 강물에 전해 주는 말
알아듣고 졸졸 따라가는 붕어며 피라미 떼
아, 그 어지러운 송알거림

입 큰 목련이 한마디 말로 떨어져 내리면
벚꽃들이 흐드러지게 이야기를 시작하고
흰 배꽃, 사과꽃들의 반짝이는 속삭임
봄이 되니 덩달아 말을 하고 싶어진다.

새싹 내미는 네 물오른 마음 가지에
자꾸 연둣빛 말을 피워 두고 싶어진다.

탱자 가시

탱자는 제 가시에 찔리지도 않고
잘도 큰다.
가끔 내 가시에 내가 찔려서
아파할 때가 있다.

살아가면서 만든
내 곪은 상처를 따고 치유하기 위해
품은 가시를 잘 벼려 놔야 한다.

문밖의 의자

지루한 계절이 달그락거리며 지나가고
그의 품은 조금씩 낡아 갔다.

은행잎 하나를 떨어뜨리고 온 바람이
고개를 돌려 바라보다가 지나가고
새들은 처음부터 얼씬하지도 않았다.

고개를 수그리고 뭔가를 읽는 척
뭔가를 신중하게 메모하는 척
그의 동작이 멈추어 있다.

누군가를 안아 본 적이 있었던가
기억들이 삐거덕거리며 무릎 사이로
흘러내리고 하지만 자신이 누군가를
오래 기다리고 있었다는 것을 알아챈 것은
또 한 번의 가을이 잠시 앉았다 가고
봉숭아 꽃물이 지워지고도 한참 뒤였다.

사랑한다는 것은 기다리는 것이라고
뒤에서 편하게 안아 주는 것이라고

가만가만 일러 주는 오랜 시간이
자꾸자꾸 눈을 꿈적거려서
엉거주춤 그는
벌떡 일어날 수가 없었다.

봉숭아 꽃물 들이다

가신 엄니를 돌확에 콩콩 찧어
아픈 손톱을 싸맸다.
손톱 깊숙이 스며든 엄니의 목소리
웃음소리, 울음소리가 핏빛이다.

엄니는 해마다 우리 식구를
장독대 앞에 두런두런 심어 놓고
사랑을 부어 주며 정성껏 가꾸셨다.
석양 노을을 등지고 흐뭇해하시며
막 얼굴 씻고 나온 별들을 바라보셨다.

초저녁 식사가 끝나자마자
우리는 엄니의 손에 콩콩 찧어져
각자 생의 앓는 부분을 칭칭 동여맨 채
그렇게 밤새 꿈을 꾸었다.
꿈은 여러 날, 여러 달이 계속되었다.

아픈 손톱이 거의 나을 즈음
엄니는 슬그머니 빠져나가신다.
내년에 다시 올게

미처 따라가지 못한 목소리만
희미한 혈흔처럼 남아 망설인다.

그런 며칠 후면 어김없이
엄니가 편지지에 또박또박 쓴
첫눈이 소복소복 내렸다.
내용이 깨끗이 지워진 정갈한 함박눈
겨우내 한 치 두 치 내려 쌓여
봉숭아 깨어나는 봄 그리움만큼 깊어 갔다.

애기사과꽃

애기들이 앙증맞게 피었다.
꽃 속에서 수많은 아이의
아주 작디작은 울음소리가 들린다.

작년에 죽은 쭈그렁 할머니들이
거꾸로 매달려 안을 들여다본다.

따스한 햇볕에
무럭무럭 피어나는 울음소리
봄 길을 환하게 밝혀 주는데
누군가 또 한 번
돌아오지 못할 그 길을 걸어갔다.

그 붉은 마음

명옥헌 백일홍이 아름답다고 하여
나도 열심히 다녀왔다.
여름의 끝에서 멋진 장관을 연출하는데

괜히 내 마음 한쪽이 붉어져서는
활짝 피어나기 시작하는 것이었다.
그 곁에서 손을 잡고 있던 마음도
뒤에서 기웃거리던 딴 마음도
뭉그적뭉그적 꽃 피어나는 것이었다.

나는 그 마음 누군가에게 들킬까 봐
연신 셔터만 눌러 대며
그 붉은 웃음소리를 쓸어 담다가
뒷걸음치듯 슬그머니 나왔는데

서재에서 사진을 정리하다가
그때까지도 꺼지지 않고 자꾸만 울음 우는
그 붉은 마음,
들키지 않게 어디에 숨겨 놓아야 하나
아니 누구에게 줘 버릴까
걱정이 몽글몽글 꽃 피어났다.

금둔사 납월홍매

겨우내 남의 곳간에서 씻나락 까먹다가
절간 뒤에 곤히 잠들어 있던 구신들
잠시 몸 빌려 꽃눈을 뜨고
세상 여기저기를 살펴보는 중이다.

홍조를 띤 얼굴이 그럴듯해서
사람들이 많이 걸려들어 발걸음을 놓는다.
살얼음 낀 겨울 뒤끝,
구신들이 펼치는 연의 그물에 걸려든 이들이
그동안의 아픈 상처를 싸매고
애타는 간절한 눈빛으로
떠나간 사랑을 떠올리며 불러들이기도 하고
다가올 액운과 행운을 가늠해 보며
손 모아 기도하듯 사진으로 남기는데

어느덧 세상 구경하던 구신들 무료해져
절 공양간으로 몰래 들어갔는지
꽃들이 시들시들 이내 떨어져 내린다.
예부터 구신에게 몸 빌려 주면
부실한 과실을 맺는다고 하더니

음력 섣달, 너무 일찍 피고 시들어
주술이 풀린 듯 마음마저 색이 바랬다.

와온 여인숙

바다가 방문을 열고 들어와
그의 어깨를 가만히 껴안았다.
그제야 그는 흐느껴 울기 시작했고
바다는 말없이 눈물을 닦아 주었다.
바다의 눈시울도 젖어 있었다.

그가 힘껏 거머쥐려고 했던 세상과
걸어왔던 사랑과 고통의 길들이
눈물 속에 비쳐 보였다.
바다는 그 모든 것을 알고 있는 듯
돌아누워 들썩이는 그의 어깨를
다독이고만 있었다.

그도 이제는 바다가 되어
하루내 잔잔하게 출렁이고 싶어졌다.
아름답게 떠오르고 지는 해를 바라보며
하루를 비워 내고 가득 채우고 싶었다.

바다가 그의 손을 꼭 잡아 주자
어느덧 흐느낌이 썰물처럼 다 빠져나갔다.

그는 다 비워 낸 뻘밭으로 누워 있었다.

날이 밝자마자
그는 잠시 빌렸던 바닷가 방을 나갔다.
바다는 그를 말없이 떠나보내고
빈방을 청소하고 정리하다가
그가 떨어뜨리고 간 무언가를 발견하곤
고개를 끄덕이며 미소 지었다.

도라지꽃

도라지꽃을 보면 왠지
쓸쓸한 생각이 드는지 모르겠다.
가난하고 안쓰러운 얼굴들이
맑은 산골 물소리처럼
내 앞을 흘러 지나간다.
뻐꾸기 울음소리도 섞여 지나간다.

그이들은 하늘로 올라가서
모두 둥그런 별자리가 되어
눈을 깜박이고 있는지도 모르겠다.
이승에서 쓸쓸하게 살아가는 것은
죽어서 별이 되는 과정이라고,
이따금 그 별들이 잠시 내려와
도라지꽃으로 피는 거라고
가만가만 이야기해 주는 거다.

나도 문득 밤하늘에
푸른 별이 되고 싶어져서
도라지 곁에 마냥 서 있었는데
그사이에도

누군가 하늘로 올라가 별이 되고
몇 명의 낯익은 별은 내려와
도라지꽃으로 피었다.

수평선

해당화가 고운 홍련암에서
축 늘어진 수평선 양쪽을 잡고
팽팽하게 당겨 본다.
힘껏 당기다가 툭, 끊어질까 봐
슬그머니 놓아주었다.
수평선이 끊어지면 다시
묶어 놓기가 힘들 것이다.

그대들도 인연의 줄
함부로 팽팽하게 잡아당기지 말아라
한순간 툭, 끊어지면
애써 다시 잇기 힘들어진다.

화살나무

그동안 내가 쏘았던 사랑이
여기에 다 모여 있네
설레던 활시위를 잡아당겨
부르르 온몸을 떨며 날아간
내 사랑들이여!

겨누었던 과녁
한 심장에 깊숙이 꽂혀 있었네
그 누구의 것도 아닌
내 심장에 층층이 박혀
붉게 부르르 온몸을 떨고 있네

오이 선물

그 선물은 허공에 매달려 있곤 했다.
늦은 봄볕이 좋던 날
시장에서 몇 포기 사다 꾹꾹 심어 놓고
가끔 물을 준 것뿐인데

세워 준 지팡이를 짚고 일어서더니
곧바로 꽃을 보여 주었다.
선물을 보내기 시작한다는 신호였다.
그 선물은 허공 어딘가에서
서서히 빠져나오기 시작해서
어느 순간 길쭉하게 매달려 있었다.

누군가 허공 저편에서
싱싱한 오이를 이쪽으로 밀어 넣어 주고
그러면 나는 정말 고맙게 받아내는 일이
여러 날 계속되었다.

그러니까 오이 줄기는 배달부라고나 할까
싱싱한 선물을 너무 많이 배달해 주어
감사하고 미안해서

가을무를 심기 위해 뽑아내기 전에
어머니 손 같은 깡마른 줄기를
그저 오래 잡아 주었다.

초저녁 별

초저녁 하늘에 사자의 부러진 송곳니가
야무지게 박혀 빛난다.

살다 보면 때론
하늘도 물어뜯고 싶을 때가 있다.

한 입 크게 물고 울부짖으며
숨 끊어져도 놓고 싶지 않을 때가 있다.

그렇게 끈질기게 물고 늘어지다가
자신이 뿌리째 뽑혀서 박힌 게 세월이다.

점점 더 어두워질수록 사라질수록
밝고 아름답게 빛나는 슬픈 별.

제2부

모슬포항 요령 소리

제주 모슬포항에서
방어회에 한라산을 마신다.
밖은 어둠이 비에 젖어 내리고
내일은 마라도로 들어가야 하는데
흰 거품을 문 파도가 거세다.

마라도 할망당에서
한판 벌어지고 있는 굿판
애기업개의 혼이 머릴 풀어헤치고
날카로운 칠석명도를 휘두르며
바닷속을 뒤흔들어 놓는 것이리라.
하지만 내 몸속으로 들어온 방어가
힘센 지느러미 흔들며
나를 마라도로 이끌어 갈 것이다.

같이 온 여자는 한잔 술에 자울고
마라도 마라도 그리 마라라 마라라
마지막 술 한잔을 오래 따를 때
모슬포 한쪽 귀퉁이가
쩌렁쩌렁
요령 소리에 휩쓸려 가고 있었다.

마라도 여자

천년의 세월이 흐른 줄도 모르고
날마다 시퍼런 파도 위를 떠다니는 여자

나라에 난이 일어났다는 풍문에
배 타고 떠나간 그이는 돌아오지 못하고
바다에 누워 하염없이 기다리는 여자
나라가 몇 번을 일어섰다가 스러졌다는데
지금까지 낯익은 배 한 척 돌아오지 않고
출렁출렁 바다가 되어 가고 있는 여자

뭍에서 사람들이 다투듯 몰려들어
그녀의 무릎을 밟고 올라도
아직도 젖어 있는 둔부와 젖가슴을 밟고 지나가도
꼼짝하지 않고 북천을 응시하고 있는 여자

북두칠성 머리맡을 짚어 가며
인제 그만 깨어나라고 제발 일어나라고
그는 다시는 돌아오지 않는다고
갈매기들이 떼로 날아와 쩌렁쩌렁
할망당 요령 소리로 울어 대도

눈 하나 꿈쩍하지 않고 흐르고 있는 여자

오랜 세월 소문처럼 밀려온 파도만이
달래듯 그녀의 검은 발을
날마다 씻어 주고 있었네.

모슬포 등대

깜박깜박 잊고 산다는 것
참으로 즐겁고 고마운 일
살아온 날들을 다 기억한다면
이번 생이 얼마나 빡빡하고 힘들겠는가.

소중했던 일, 하찮은 일들도
기억의 심해 속에 가라앉혀 두어야
자기 스스로 살아남아서
눈 깜박일 사이
저렇듯 속 깊게 파도쳐 보는 것이리라.

깜박깜박 잊고 산다는 것
깜박깜박 추억을 되새김하는 것이다.

눈 맞은 한라산

서귀포 강정마을에서 바라본 한라산
거대한 흰 코끼리 한 마리
질퍽한 인간 세상을 헤집으며 걸어가고 있다.

그 긴 코와 기둥 같은 다리로
온갖 슬픔과 기쁨과 서러움을 짓이겨 대며
끊임없이 나아가고 있다.

한 송이 연화같이 떠다니는 제주 위에서
그의 머리와 잔등이
은은한 햇살에 눈부시게 빛났다.

한라산 고사리

누군가 캄캄한 저쪽 세상에서
이쪽 세상으로
손을 쑥 집어넣어 본다.

꼭 쥔 손이 앙증맞다.
무얼 잡아 보겠다는 듯
무얼 쥐어 보겠다는 듯
그러나 이내
손바닥을 쫙 펴 보인다.

지금까지
세상 속으로 손을 집어넣어
여기저기 더듬어 보아도
내가 쥘 만한 것은 없었다.

이제 캄캄한 저쪽 세상으로
불쑥 손을 넣어 보고 싶다.

제주 산방산

크나큰 종이 천 년에 한 번 길게 울어
울고 또 울어
풀과 나무와 새들과
온갖 짐승을 먹여 살리고
멸치와 갈치와 방어와 고래를
자유롭게 헤엄치게 하고
날마다 파도 속에 파도치게 하고

또 한 번의 천 년이 지나면
바위 속에 잠들어 있던 용이 깨어나
바다와 하늘을 휘젓는다는 이야기가
해마다 노란 유채꽃으로 피어나는
아름다운 이 봄날

행여나 더디게 오는
그 천 년의 종소리를 놓칠세라
저 멀리 학수고대 기다리는 마라도의
속눈썹 한 낱이
가늘게 떨리며 늘 젖어 있다.

제주 외돌개

오랜 세월 함께했던 이웃들은
차츰 무너져 바닷속으로 돌아갔다.
손잡고 팔짱 끼고
수천수만 년을 함께하자던 약속도
하얀 파도가 되어 날마다 부서지곤 했다.

하룻밤 꿈을 꾼 듯
나는 홀로 낭떠러지가 되어 있었다.
아무도 가까이하지 않는
그저 멀리에서나 바라보다가 뒤돌아서는
나는 어느 날
불쑥 태어난 것이 아니었다.
쉼 없이 자라나는 욕망과 분노를
스스로 깎아 내며 아무도 오르지 못할
절벽으로 우뚝 선 것이다.

내 몸을 깎고 또 깎아 내다 보면
하나의 곧은 붓으로 서게 되리라
나의 마지막 완성된 정신을
저 넓은 바다 위에 너울너울 써 놓고

바닷속으로 돌아가리니
그대들은 비로소 일렁이는 그 푸른 마음
오래 읽어 보며 서 있으리라.

서귀포 유채꽃

땅속에 잠들어 있던 정령들이
일제히 깨어나 봄 바다를 쳐다본다.
바다가 일렁일 때마다
철썩철썩 파도치듯 함께 흔들린다.

새우 멸치 도다리 가자미 넙치 장어
우럭 광어 청어 민어 상어 고래들의
죽은 혼들이 몰려와
봄이면 유채꽃으로 노랗게 운다.
울다가 본향의 바다를 바라보며
날마다 흔들리고 또 흔들린다.

자유롭게 헤엄치며 떼 몰려다니고
아름다운 그림을 그리던 물고기들
노랗게 흔들리는 그 속에 서면
이상하다,
나도 같이 흔들린다.
흔들린다. 자꾸 출렁거린다.
두 발끝을 가지런히 모은 채

\>

언젠가 맘껏
등지느러미 흔들어 대던 숨찬 기억들
한없이 유영하고 싶어 두근거리던
맥박 속의 해협 지도
미역과 바닷말과 산호초가 어우러진
오랜 바닷속이
정말 궁금해지는 것이다.

당오름

오르고 또 올라 보지만
하나도 오른 것 같지 않은 세상이 있네.
그렇다고 만만히 보고 급히 오르다 보면
무겁게 숨이 차오르기도 하고
편안히 누워 계시는 무덤가에 핀
작은 꽃에도 의지하게 된다네.

한순간 퍽 퍼억 쏟아진 말똥처럼
짠바람과 쫀득한 햇살에 말라 부서지다가
세월에 밟혀 문득 되살아나는 오름길

누구나 한때의 거대한 용트림은 있겠지
모든 것을 뜨겁게 삼켜 버릴 듯
몸부림치며
오래 잠들지 못하고 방황하던 날들
그러다가 문득 깨닫고 수그러들면
풀도 나무도 꽃들도 찾아와 자리 잡고
벌 나비도 날아와 사뿐히 앉아 보고 가는

구멍 숭숭 뚫린 목덜미에

이내 빗물처럼 스며드는
까마귀 울음소리

당최 오르고 오르면 못 오를 리 없겠지만
오르고 또 올라도 오른 것 같지 않은
허겁지겁 오르려는 그 마음보다
하늘하늘 하늘을 담고 몸 낮추어 내려가는
그 뒷모습이 더 아름답다고 일러 주는

한 작은 세상을
두어 번 올랐다 내려왔네.

추사 유배지
—수선화

탱자나무 울타리 사이로
누군가 오지 않는 밤을 붙들고
흑흑 울음 삼키는 날들은
신발을 벗고 떠났다고 손을 흔들었다.

오지 않았으므로
또 누군가 가지도 않았다는 것을
한 송이 웃음꽃 피워 올리는
그런 약속도 부질없다는 것을
기지개를 켜며
문득 알게 된 아침이 잠깐 다녀가셨다.

신발이 다 닳도록 걸어 봐도 제자리
금빛 잔을 기울이고 또 기울여도
채워지지 않는
투명한 자존을 꿈꾸는 목숨 건 날들이
문밖에 한참씩 피었다가
뚜벅뚜벅 지나가고 있었다.

눈 발자국

눈 쌓인 산길을 걸어갈 때
앞서간 누군가의 발자국에서
온기를 느낄 때가 있다.
세찬 북풍 몰아치고
이 세상의 길은 모두 지워지고
나를 이끌어 가는 발자국 하나
어서 오라고 손 흔들어 대는 것 같아
급히 따라가다가 문득
감쪽같이 사라졌을 때
나도 모르게 두리번거리며
찾게 된다.

식구도 이웃 형제도
더군다나 사랑하는 사람도 아니지만
이 세상을 앞장서서 걸어가는 이의
씩씩한 발자국을 따라가다 보면
오래 함께 걸어온 것만 같아
머뭇거리지 말고 어서 오라고
저만치 손짓하며 서 있을 것만 같아
일순 이마가 따뜻해지면서
불끈 희망이 솟을 때가 있다.

구절초

우리 어느 생이었나 몰라
그대가 일찍 떠나가고
문득 다녀간 무덤 자리에
구절초 두어 송이 피어 흔들리고
구절구절 새겨진 애달픈 사연을 전해 주는

그대도 읽고 있었겠지
가녀린 긴 목으로 떠받친 사연들
서로 주고받았던 긴 속삭임들
보라색 꽃잎으로
잔잔히 흔들리고 있는 것을

이다음 생에서나
다시 만날 수 있을까?
나는 그대를 한눈에 알아보는데
그대가 나를
처음 보는 눈으로 바라본다 해도
하나도 서운하지 않은 표정으로
마주 대할 수 있을 것 같은

\>

생각난 듯이
머뭇거리다가 낮은 목소리로 핀
그대 마음 몇 송이
구절구절 꼼꼼하게 읽고 가네.

새소리

산길을 걸어가는데
솔방울처럼 떨어지는 새소리가
내 정수리에 박혔다.
잠시 따끔했지만 이내 환해졌다.

새소리는 정수리를 뚫고 들어와
실뿌리를 내리기 시작했다.
내 몸 여기저기에 뿌리를 뻗으면서
가지마다 연둣빛 새소리가
가득 피어나고
나는 갈수록 계곡물처럼 말개졌다.

생각 속에도 실뿌리가 번져
쑥쑥 키 자라는 한 그루의 새소리
나를 만나는 이들도
아름다운 새소리를 듣고 놀라워했다.

한 호흡, 내뱉을 때마다
새소리가 포롱포롱 날아다니고
세상이 온통
연한 날갯짓으로 가득했다.

까치집

어느 날 가리던 것들이 우수수 떨어져 나가고 남루한 세간살이가 세상에 다 드러날 때가 있다.

얼기설기 지은 그대와의 인연마저 덩그러니 혼자 남아 허공중에 흔들리고 있을 때가 있다.

온갖 맛난 것 다 물어다 애지중지 키운 자식새끼들이 저희끼리 전혀 낯선 모습으로 날아가는 것을 바라볼 때가 있다.

포근한 눈 이불을 끌어 덮고 세찬 북풍을 견뎌 내며 긴 잠을 청해야 할 때가 있다.

자두나무

나무를 심으려고 땅을 파는데
아버지의 헛기침 소리가
시퍼런 자두알처럼 불쑥 튀어나왔다.

40년을 넘게 가꾸었던 과수원
어느 때부터 온데간데없이 사라지고
둘러친 탱자나무 울타리도
꽃들도 사라지고
폐허처럼 잡초만 우거졌다.

오늘은 자두나무가 서 있던 자리에
과거를 움푹 파내고 자두나무를 심었다.
한 삽씩 뜰 때마다
아버지의 젊은 웃음소리가
우리를 낳아 기르던 어머니의 신음이
스며든, 검은 흙덩이가 얼굴을 내밀었다.

자두나무를 심는다는 것은
자두를 따서 손수레에 가득 싣던
아버지의 풍성한 마음을 고스란히 기억하기 때문

자두나무를 다독이며 꾹꾹 심는다는 것은
어머니의 아낌없이 주신 사랑을 추억하기 때문

가득 실은 손수레는 낡아서 돌아오지 못하고
성질 급한 아버지와 종종대던 어머니는
흑백의 낡은 사진첩 속에 갇혀 지내시지만
든든한 뿌리 내려 무럭무럭 자라라고
향기로운 바람과 햇살 몇 줌 부어 넣고
두세 살의 나를 심었다.

무정리 정류소

삼거리 가에 엉거주춤 서 있는 그는 늘 무료하여 꾸벅꾸벅 졸았다. 졸다가도 띄엄띄엄 오는 군내버스 시간을 용케 기억해 내고는 부스스 눈을 뜬다. 고개를 길게 빼고 산모퉁이를 돌아오는 버스를 바라본다. 번번이 타는 손님이 없어 버스는 정차하지 않고 곧장 읍내로 내달렸다. 멀어지는 뒤꽁무니를 무연히 쳐다보다가 하품을 두어 번 하고는 다시 졸기 시작한다.

오늘은 읍내 장날이라고 할머니 서너 분이 아침 일찍부터 서성거리신다. 정류소도 신이 났다. 서로 안부를 묻기도 하고 서울 사는 아들딸들의 이름도 뒤섞인다. 모두가 이 정류소를 거쳐 학교를 졸업하고 도회지로 나갔다. 해맑은 얼굴에 갈래머리, 즐겨 입던 옷과 책가방을 기억해 내고는 정류소도 살짝 미소를 짓는다.

오후 한나절 참새 떼 두어 번 쉬었다 가고 저물 무렵 장에 가신 할머니들이 내리신다. 축 처진 가방이 할머니들을 부축하며 동네 길을 따라 집으로 들어간다. 건강히 지내시라고 보이지 않을 때까지 정류소가 손을 흔든다. 서너 집은 간신히 불이 켜지고 두꺼운 어둠의 이불이 몇 겹씩 마을을 뒤덮는다. 죽음 같은 그 고요를 바라보다가 정류소도 강아지처럼 웅크리고 잠이 든다.

제3부

흑매 향에 눈이 멀어

흑매 운용매雲龍梅 홍매가 피었다기에
몇 장 찍으러 다녀오는 길
모퉁이를 돌아 나오다 그만
앞차 엉덩이를 들이받았다.

앞차에서 내린 젊은 아줌마
눈은 도대체 어디에다 두고 다니느냐고
한심하다는 표정으로 목덜미를 감싸는데

그때까지도 아주 소중히 간직했던
너무도 아름답고 은은한
매화의 장막이 순식간에 걷히면서
빨리 비키라고 빵빵거리는 차들
분주히 오가는 사람들이
갑자기 두 눈에 따가운 매연처럼
한꺼번에 쏟아져 들어왔다.

찔레 덤불 속의 둥지

저 좁은 단칸방에서
새끼 다섯을 낳아 길렀지
아무리 열심히 물어다 날라도
입을 쩍쩍 벌리며 아우성

열심히 나는 공부를 하고
형제간에 우애도 깊었던
그놈들, 지금은 무사히 다 커서
훨훨 자유롭게 날아다니는
저 푸른 세상 올려다보며 사네.

다 떠나보낸 단칸방이
세월의 가지에 간신히 매달려
전화 오기만을 기다린다.

나팔꽃

월산리 마을회관 담벼락에
입술 붉게 칠하고 모여서
동네방네 시끄럽게 입방정 떨어 댄다.

이거도 좋은 한때라 생각하는지
마을 어르신들 모른 체하고
지나가는 이들이 지그시 웃음 짓는다.

그래 저물 무렵까진 잠시 잠깐이다.
그동안 할 말 못 할 말
신나게 조잘조잘 떠들어라.
온 동네가 떠나가게 나팔을 불어 젖혀라.

바지락쑥국 끓이기

어느새 쑥이 튼실하다.
돋아나는 봄 새싹을 톡톡 딴다.

바지락쑥국을 끓여서 먹으면
내 몸속으로 들어온 쑥들이
우북하게 자라서 쑥대밭이 되겠지

나는 그 쑥대밭이 귀찮아져서
하릴없이 갈아엎어야겠다고 생각하다가
다시 봄,
이렇게 고개 내민 싱싱한 쑥들을
지난 이야기처럼 캐어다가
바지락쑥국을 끓여 훌훌 마시겠지

그럼 내 몸속에 쑥쑥 쑥이 자라고
질겨진 쑥대가 창창한 하늘을 가리고
향긋한 쑥 냄새가
내내 진동한다는 것인데

이런 별스러운 생각을 하다 보니

드디어 쑥국 완성
그거 상큼한 게 맛나네.

매화나무가 꽃을 피워 보는 까닭

몸을 피워 보는 거다.
자신의 팔과 어깨 여기저기가 괜찮은지
봄이 되면 점검해 보는 거다.
그러니까 꽃은
몸이 아직은 살 만하다고 보내오는
밝고 여유로운 신호.

겨우내 죽은 듯이 잠들어 있다가
자신이 살아 있는지 확인해 보는 것
이 봄날
나 깨어 있다고 널리 알리는 것

따뜻한 봄 속에 우뚝 서 있다는
환희에 찬 목소리

혹은, 봄날 환하게 불 밝혀 놓고
당도할 기쁜 소식 하나
두 손 모아 기다리고 있는지도 모른다.

멸치

더러 초장에 대가리 처박혔다가
누군가의 혀끝에서
잘근잘근 씹히기도 하고
다디단 양념에 발려 뜨겁게
볶이기도 하지만
내 무한정 헤엄치던 사랑과 열정
푹 우러나와 맛을 내는
그리하여 그대들의
뭉친 속을 시원하게 풀어내
드디어는 불끈 힘주어
일어서게 하리니

부디 날 업신여기거나
하찮게 생각하지 말아 다오
그대들도 어차피
그런 생을 함께 살아가고 있으니

흰 무덤 두 개

저녁 10시쯤
아내가 출출하다며
찐빵 두 개를 밥솥에 넣었다.

꺼내려 뚜껑을 열어 보니
거기 잘 익은 흰 무덤 두 개가
나란히 놓여 있다.
그동안 살아오면서
둥글고 아름다운 무덤
나란히 빚어 온 것인가?
선산에 계시는 부모님이 생각났다.

따끈따끈 잘 데워진 흰 무덤 하나씩
맛있게 나누어 먹고
우리도 이제 함께 자러 갈 시간이
얼마 안 남은 것 같네
라고 아내에게 말하자
평소 하던 대로
당신 방에서 주무시지요
방문을 휙 닫고 들어가 버렸다.

겨울나무

어떤 상처들은 슬픔이 너무 커서
제 몸속에 깊은 뿌리를 내린다.

새들도 떠나가고
울음소리만 몇 남아서
온 힘을 다해 마저 울고 있을 때

슬픔은 하늘 가까이 쑥쑥 키 자라고
그리움은 곁에서
잎이 진 잔가지를 흔들어 댄다.

목자木字

선암사 운수암 가는 길
하루내 산속을 헤매며 허덕여 봐도
나무에 새겨진 상형문자 하나
해독할 수 없네.

문명 이전부터 전해져 내려오는
반야심경의 한 구절 같기도 하고
구약성서의 첫 말씀 같기도 하고
그대와 나의 출생 비밀이
은밀하게 쓰여 있을 것만 같은

아직 세상에 알려지지 않은
신비한 내용이 새겨져 있는 칠판을
하나씩 가슴에 붙인 채
나무들은 무언 정진하고 있었네.

나비책

무꽃에 앉아
어제 읽던 자신을 접었다, 펼쳤다.

아이들이 떼로 모여 앉아
책 읽는 소리가 낭랑했다.
어른이 다 된 아이들
자신의 일생이 적힌 이야기책을
달달 외워서 검사받고 있었다.

무꽃에 앉아서
내일 읽어야 할 자신을 접었다, 펼쳤다.

미처 다 읽지 못한 아이들이
된통 혼나는 소리가
맑은 도랑물처럼 흘러갔다.
나도 종아리가 따끔하게 아파서
무슨 내용이 쓰여 있는지도 모른 채
무조건 따라 읽고 있었다.

고라니 심경心經

산길에 고라니 한 마리
드디어 갈 길 다하였는지 엎드려 있다.
고요한 선정에 든 듯
며칠을 꿈쩍하지 않더니
얼굴 하나 찡그림 없이 내장을 다 내주었다.
가죽과 뼈만 남기고
어미 개가 새끼들에게 젖을 물리듯이
배고픈 산짐승들에게 차례로 내주었다.

고라니는 혀만 살짝 빼물었을 뿐
미동도 원망도 없이 고루 나누어 주었다.
굶주려 힘없던 짐승이
힘차게 산등성을 뛰어넘고
가시밭길을 헤쳐 나갔을 것이다.

고라니 자신이 그동안 달게 받아먹었던
풀잎과 나뭇잎과 눈부신 아침 햇살
가끔 목을 축이던 계곡물을
그저 되돌려 주었을 뿐.

>
우리도 지나온 길을
가만히 더듬어 보면
고라니 같은 한때를 보낸 적이 있다.

선문답

어느 때 나도 모르게 순천만 갈대밭에 들게 되었는데 유
난히 키가 크고 머리 허연 갈대 한 분이 앞을 가로막아 서며
연신 허리 굽혀 절을 하기도 하고 손으로 무언가를 가리키
기도 하면서 진지하게 묻고 있는 것이었다.

아무리 생각을 비틀어 짜 봐도 그동안 지나쳐 온 이런저
런 전생을 다 뒤져 봐도 나는 도대체 알아먹을 수가 없었다.

개개비며 황새, 청둥오리는 질문에 대답하듯 갈대 사이
로 날아올라 천공을 자유로이 오가는데

그렇게 갈대밭을 헤매며 무언가를 열심히 찾다가 빈손
으로 돌아오는 길에 나는 앞으로 좀 더 착하게 살아야겠다
고 다짐했다.

망주석

손발 묶어 두고
생각마저 꽁꽁 싸매 두고
부처처럼 무심한 듯
한 천 년쯤 서 있고 싶다.

이번 치 생

이름도 사는 곳도 모르는 주인에게
허락도 받지 않고 일구는 묵정밭
깊이 뿌리 내린 쑥이며 억새들을 파내고
부드러운 흙 가슴에 고추, 가지, 오이, 토란을
정성껏 심었다.

잡념처럼 올라오는 잡초를 뽑아내고
물을 주니 꽃을 피우기 시작했다.
튼실하게 자라 열매도 기쁨처럼 풍성하다.

어제는 그 본 적 없는 주인으로부터
밭을 회수한다는 연락을 받았다.
꽃을 구경하고 이제 비로소
풋열매 몇 개를 따 먹었을 뿐인데

그렇다고 얼굴도 모르는 주인에게
서운함을 내비치지도 못한다.
아무도 본 적도 사는 곳도 모르니
좀 더 경작할 시간을 달라고 할 수도 없다.
그래 이번 치 생은 여기서 마무리 짓고

다른 밭을 얻어서
옮겨 가야 할 때가 온 것이다.

사과나무 심기

부모님 선산으로 돌아가시고
고요만 우북한 고향 땅
사과나무를 심는다.

그동안 이리저리 바람처럼
강물처럼 흘러 다니던
나를 붙들어 심는다.

포근한 어머니의 자궁 밭에
닳고 닳은 시린 발을 파묻었더니
비로소 팔 벌려 심호흡하며
활짝 기지개를 켜는
힘겹게 뒤따라온 내 키 큰 그림자

대대로 터를 잡고 살아온
곤줄박이 한 쌍이
어느새 내 머리 위에 앉아
첫인사 하듯 고갤 끄덕이며
정말 잘했다고, 지저귄다.

>
앞으로 봄이면 기쁨처럼
연신 터져 나올 사과꽃이며
뜨거운 여름과 비바람과 천둥을 견디고
주렁주렁 열릴 사과들이
꼿꼿하게 선 내 몸 안에 가득 찼다.

꿈꾸는 저녁 강

강물이 날마다 흐른다는 것은
가 닿아야 할 하구가 빛나고 있기 때문이다.
그 강 하구와 맞닿아 있는
푸른 바다가 넘실거리고 있기 때문이다.

우리가 날마다 힘들게 노를 저어 가는 것은
어딘가에 우리가 닿아야 할
꽃 핀 아름다운 언덕과 나루터가 있기 때문이다.

하루의 노을은 저대로 밝게 빛나며 스러지고
풀도 나무도 새들도 잠이 드는데
강물 소리만 홀로
높은 정신처럼 깊어지는 저녁 무렵

우리네 삶도 흘러온 만큼 저물어
비로소 반짝반짝 꿈꾸는 별들이 돋아난다.

제4부

따스하게 이마 짚어 주는 무등산

우리가 오르고 또 오르고자 했던
크고 아름다운 나라
힘찬 걸음걸음들이
대오 흐트러지지 않고 앞으로 앞으로
목청껏 불렀던 그 노랫소리

세상이 어지러울 때마다
너도나도 손을 잡고 모여들었다.
쓰러져도 다시 일어서고
일어서서 뜨겁게 외치며 다짐했던
그날의 억새들이
하얗게 손 흔들고 있다.

늘 말없이 바라보며
봉숭아꽃보다 더 붉은 울음 울던
가슴이 넉넉했던 사람들
우리가 오르고 오르다가 지쳐 있을 때
어느새 우리에게 성큼 다가와
따스하게 이마 짚어 주는 무등산

오월에 밀려오는 것들

오월이 되면
어떤 아픈 기억들이
신록처럼 밀려오는가
밀려와서 빈 가슴을 가득 채우는가

정일독서실 지하 식당에서
생쥐 떼처럼 모여 밥을 나누어 먹던
대학생 형들은 죽어서
지금 어디를 지나가고 있는 것인가

그해 오월
새처럼 힘차게 날개를 펴고
날아가던 그 수많은 돌멩이는
드디어 바라던 나라에 닿았을까
지금도 두 눈 부릅뜨고
우리를 깨우고 있는 것은 아닐까

오월이 오면
무심코 지나갔던 것들이
다시 발길을 돌려 우리에게 밀려온다.

나는 다가오는 것들의 이름을
하나씩 호명하며 손바닥에 써 본다.

정방폭포
―제주 4·3

농회창고에서 구타와 고문 끝에
한 줄 밧줄로 묶인 채 끌려와
줄줄이 떨어지던 목숨

하늘로 올라간 피맺힌 이들의
흰 울음소리 쏟아 내는 폭포수다.

이 동네 저 동네에서
총에 맞아 죽고 찔려 죽은
무고한 사람들
그 죽음 위를 뒤덮은
어린 처자식들의 한이 맺힌 절규가
쉼 없이 쏟아져 내린다.

밧줄로 단단히 묶고 밀어뜨려
절벽 아래 낭떠러지로 내동댕이쳐진
아픈 역사,
그 용솟음치는 함성이다.

탄흔

이제 중년의 사십 줄에 들어선 광주,

술자리에서 문득 그의 옆구리를 뜨겁게 안아 본다.

그때 도청 앞 전일빌딩에 쏟아지던 헬기 기총소사 자국 같은

움푹 팬 상처들이 선명하게 만져진다.

어이, 한잔 드시게나!

그동안 서러움 삼키며 꿋꿋하게 살아온 광주에게

오늘 차고 따스한 술 한잔 권한다.

백비

백비가 쪼그려 앉아 응시하고 있는
저 순천 동천 속에는
녹슨 여순 사건이 어둠처럼 잠겨 있다.
세월호처럼 인양될 날을
손꼽아 기다리고 있다.

백비 속에 새겨져 있는 이름들이
두 손을 모은 채
이 세상으로 나올 준비를 하고 있다.
명예 회복과 함께
슬픔과 원한 속에서 꺼내질 날을
손꼽아 기다리고 있다.

백비를 휘감은 시간의 물살
그 물살 속에서
영문도 모르고 죽어 갔던 이들
피맺힌 세월을 견디어 온 유족들

순천 동천 속에 잠겨 있는
금 가고 녹슨 여순 사건을 응시하고 있는

무명의 백비는 안다.
언젠가는 안개 같은 세월이 걷히고
살처럼 쏟아지는 햇살 아래
명명백백, 모든 것이 밝혀지리란 것을

아침 기적 소리를 듣습니다

어머니의 배 속에서 아버지를 잃은
김규찬 씨는 지금도
아버지가 타시던 기차의 기적 소리를 듣습니다.
안겨 보지도 얼굴도 보지 못한 아버지
아침이면 새 떼 같은 기적소리 몰고
집에 들어설 것 같은 설렘에 사무칩니다.

김규찬 씨의 아버지, 김영기 씨는
48년 10월 20일 순천에서 이리(익산)로 가는
전라선 열차의 차장 승무원
차장의 역할은 단지
운전하는 기관사의 뒤에서
신호해 주고 승객의 안전을 살피는 일이었지요.

학구역에서 벌어진 봉기군과 진압군의 전투 후
김영기 씨는 순번에 의해 기차를 탔을 뿐이라며
결백을 주장했지만 군사재판에서
102명 사형선고인 명단에서 감형으로
무기징역을 받아 목포형무소에서 마포형무소로

수감 생활 중 6 · 25가 나고

자유의 몸이 되어 귀가하던 중 잡혀가신 이후로
아버지의 소식이 끊겼다며
보지도 만져 보지도 못한 아버지의 모습을
사진으로나마 바라보며 눈물짓는 세월이
태산 같은 한평생이었지요.

아버지의 못다 타신 기차가 한이 되었던가요.
우수한 성적으로 철도공무원이 되어
아버지 대신 대를 이어
평생 선로를 달려온 김규찬 씨

암흑 같은 시대의 깊은 골짜기에서
정강이뼈가 으스러지는 고문을 당하고
어디론가 끌려가 마지막 죽임을 당했을
그리운 아버지를 기차에 모시고
이 아침까지 달려온 세월이
그저 아득하고 황망하기만 합니다.

＊ 조사자 나선혜, 「김규찬 단지 철도원으로서의 임무를 다했을 뿐인
데」, 순천대학교 여순연구소(편저), 『한 번도 불러보지 못한 이름, 그
리운 아버지』, 심미안, 2020, 203~227p.

태안사에 들다

세상의 무거운 짐을 진 나무들이
태안사 길을 걸어 올라오는 저물녘
당신은 나뭇잎 하나로 뒤척입니다.

세상사 근심 걱정 잊지 못하고
광주 오일팔이나 코로나
곡성, 구례의 참담한 수해를 생각하며
눈시울 붉은 단풍잎으로 뒤척입니다.

희망, 눈물로 뭉쳐진 우리 국토
촛불 속에 환하게 살아 있는
뜨거운 함성을 되새겨 봅니다.

어깨 들썩이며 스크럼을 짜던
힘찬 노랫소리와 구호
시대의 어둠을 걷어차 내며
끝까지 나아가자던 힘찬 발걸음들

끝내 지워지지 않는
개혁을 꿈꾸는 날들의 별들이

아직도 끝나지 않았다고
곡성 태안사의 밤하늘을 뒤덮는
캄캄한 저녁입니다.

시대의 무거운 짐을 진 나무들이
태안사 길을 올라와
잠시 짐을 내려놓습니다.
당신은 그들을 따뜻하게 맞이하며
등을 어루만지고 손을 잡아 줍니다.

세상은 계곡 물소리처럼
무심하게 흘러가서 돌아오지 않지만
끝까지 남아서 이 악물고
굳게 버티는 것들이 있습니다.

철근공 김기홍 시형

기러기 한 마리,
서쪽 하늘을 날아가고 있었다.
그의 날개깃에 찬 서리가 희게 묻어났다.

떠나온 세상은 초라하게 저물어 가고
저 멀리
평생 완성하지 못한 철근 구조물 사이로
못다 쓴 시처럼 저녁놀이 붉었다.

끼룩끼룩 두어 번 울다가
또 서너 번 연이어 울다가
그예 울음소리 맑은 가을 하늘처럼 그치고
좌우를 두리번거리더니
곧장 서쪽 하늘 너머로 날아갔다.

남은 세상은 작은 슬픔 몇 개 켜 놓고
스스로 지워지고 있었다.

반달에 핀 튤립
—김영중 ♡ 이미숙 부부

일 년에 열두 번
하늘에 피었다 지는 반달
부부는 그중에 하나를 따다가
정성껏 튤립을 심고 가꾸었지요.

튤립은 이 세상에서
가장 맑고 고운 눈을 뜨며
푸른 손을 내밀어 흔들었지요.
덩달아 반달은 더 환하게 웃더니
두둥실 배가 불러 왔고요.

드디어 반달 속에
활짝 웃는 튤립 튤립 튤립들
부부는 열심히 물을 주고
사랑을 속삭여 주었지요.

튤립을 가득 피운 반달은
온 세상을 더 아름답게 비추며
제 얼굴에 부부의 고운 마음을
한 달에 한 번씩
이쁘게 그려 놓곤 한답니다.

김장무

무를 쑥쑥 뽑는다.
뽑은 자리가 둥그렇게 텅 비었다.
귓바퀴를 때리던 찬바람이 횡하니
빈 구멍을 후비고 나온다.
그곳은 무가 살았던 집
이 세상에서 가장 깨끗하고
아름다운 자리,
씨앗 하나가 묻히고 싹이 자라고
튼실한 무로 자리 잡았던 흔적.

근데 어느 날 갑자기
누군가 나를 쑥 뽑아갈 때
문득 뒤돌아 보면
내가 박혀 있던 이 우주의 한 부분이
잠시 기우뚱할 것만 같다.
큰 눈 하나가
오래 쳐다보고 있을 것이다.

백일홍

한때 나는
내 생이란
당신 곁에서 백 번을 웃음 지어 보다가
지쳐서 떠나는 것인 줄 알았다.

혼자서 생각을 곱씹으며
가슴속에 흐드러진 분홍빛 풍경을
당신에게 백 일 동안 보여 주는 일인 줄 알았다.

그러다가 어느 때
그 분홍빛 웃음소리 다 사그라지면
그저 또다시
당신의 미소를 뜬구름처럼 그려 보며
오래 침묵해야만 하는 일인 줄 알았다.

장수 사과나무

그만 내려놓을 때가 되었는데
아직도 주먹 불끈 쥐고 서서
할 말이 많은 자세다.
한 해를 뒤돌아보고 있는 것일까

그동안 잎 뒤에 감추어 두었던 것들
어깨에도 등에도 허리에도
주렁주렁 매달고
사각사각 바람이 한 입 베어 물어도
동그란 눈을 뚝 뜨고

단단하게 여문 세월을
두리번거리며 지나가는 이들에게
한 알씩 내던질 태세다.
그동안의 햇살과 바람과 빗줄기가
이 한 주먹에 다 들어 있다고
삭힌 단맛을 한번 맛보라는 듯

지나가면서 나도 두 주먹을
단단히 쥐어 본다.

나는 단맛이 살짝 들다 말았다.
욕심을 다 떨군 장수 사과나무로 서서
남은 생을 견디고 싶어진다.

달팽이

태어나면서부터 연한 혓바닥으로
세상의 밑바닥을 쓸고 닦았다.

그 모습을 보고
누군가는 그림을 그린다고 하기도 하고
누군가는 태초부터 이어져 온
깊은 전언의 상형문자를
온몸으로 써서 보여 주는 것이라고 하였다.

처음에서 너무 멀리 와 버린 우리는
그 문자의 뜻을 까먹었거나
오랜 기억에서 스스로 지워 버려서
바르게 읽고 해석할 수가 없다.

너와 나 사이
빼곡하게 채워진 호흡 같은 의미들
바람처럼 일깨워 주듯이
우리는 일평생
자신의 맨 밑바닥을 쓸고 닦는
달팽이 하나씩 데리고 살아간다.

길

산길은 산이 자기 허리를
잠시 내어 준 것이다.

나도 이때껏
누군가 내어 준 길을 걸어온 것처럼

누군가에게
든든한 길 하나
공손히 내어 드리고 싶다.

은행나무의 손 편지

늘 거기에 우뚝 서 있는
그의 가슴속에서는
강물 흐르는 소리가 들리고
더러 철새 날아오는 소리도 들리고

날마다 높다란 키로
하늘 깊숙이 고개를 들이밀고
세상 돌아가는 이치를 캐내곤 했다.

사람들은 그가
모든 것을 알고 있으리라 믿었지만
그는 한마디 말도 없이
늘 거기에 우뚝 서 있었다.

그러던 그가
늦은 가을 어느 날
노란 손 편지를 날리기 시작했다.
어떤 이는 그 편지에서
기쁨과 희망을 읽기도 하고
어떤 이는 자신의 미래를 읽기도 하고

\>

오늘도 은행나무는
하늘의 말씀과 땅의 소원에
귀 기울이며
거기 성자처럼 우뚝 서 있다.

초례정에서

단아한 초례정에 앉아
추월산을 바라보니
어머니처럼 미소 짓는다.
도개리 사람들은
포근한 추월산을 닮았다.
우리네 슬픔과 아픔을
따스하게 어루만져 주는
넉넉한 추월산

고샅마다 집마다
매화 향 가득한 웃음꽃이
환하게 피어나고
선비같이 단정한 초례정
따스한 온정이
또개샘처럼 쉼 없이 흘러
도개리가 우뚝하다.

자연과의 교감, 구도와 사랑의 노래

최현주(순천대 교수, 문학평론가)

1. 원환적 시·공간에의 조응과 교섭

시간은 불가역적이다. 한번 흘러간 시간은 더 이상 돌이킬 수 없다. 이는 인생을 두 번 살 수 없다는 의미를 함의한다. 때문에 인생의 모든 순간순간은 항상 최초이면서 최후의 시간이라는 역설을 내포한다. 이상인 시인의 여섯 번째 시집에는 이러한 불가역의 시간에 대한 깊은 함의가 흘러넘친다. 어쩌면 이순耳順의 나이를 훌쩍 넘긴 자신의 나이와 지나온 삶, 돌이킬 수 없는 삶의 세목들에 대한 깊은 자의식 때문일 터이다.

이번 이상인 시인의 여섯 번째 시집의 작품들에서 시인은 유독 시간에 민감하다. 내밀하고 사소한 시간의 작은 변화에도 그는 예민한 촉수를 가지고 있는 듯하다. 그의 많은 시들에서 '불쑥' '자꾸' '이내' '잠시' '마냥' '문득' 등 시간과 관련된 부사어가 자주 사용되고 있는 것은 그가 시간에 매우 민감한 존재임을 명징하게 증명한다. 이순耳順의 나이를 넘긴 그에게는 남겨진 삶의 일 분 일 초의 시간들이 소중하고 간절하기 때문일 것이다. 그런데 그는 일상의 미세한 시간들의 작은 변화와 더불어 우주의 거대한 시간들의 흐름을 포괄하는 보다 더 근원적인 시간의 본질과 의의에 대한 고민과 통찰을 이 시집의 시편들에 담아내고 있다.

그런 점에서 이번 시집에서 포착되는 그의 시들은 시간으로부터 촉발된 연상법을 창작의 기제로 활용하고 있다. 불가역의 시간 속에서 변화할 수밖에 없는 존재의 본질에 관한 시편들이 이 시집의 아우라를 두껍게 형성하고 있는 것이다. 「당오름」에서와 같이 그에게는 "한때의 거대한 용트림"도 있었을 터이고 "모든 것을 뜨겁게 삼켜 버릴 듯/ 몸부림치며/ 오래 잠들지 못하고 방황하던 날들"도 있었을 것이다. 「초저녁 별」에서처럼 "하늘도 물어뜯고 싶을 때"나, "한 입 크게 물고 울부짖으며/ 숨 끊어져도 놓고 싶지 않을 때"도 있었을 것이다. 그리고 "그렇게 끈질기게 물고 늘어지다가/ 자신이 뿌리째 뽑혀서 박힌" 세월을 그는 살아왔을 것이다.

그는 이번 시집에서 그가 살아온 시간과 세월에 대한 자각과 그 시간들을 견뎌 오면서 얻어 낸 삶에 대한 깨달음을 형상화해 내고 있다. 「장수 사과나무」라는 시에서 화자

는 자신이 견뎌 온 힘겨웠던 삶에 대한 통찰을 여과 없이
잘 보여 준다.

그만 내려놓을 때가 되었는데
아직도 주먹 불끈 쥐고 서서
할 말이 많은 자세다.
한 해를 뒤돌아보고 있는 것일까

그동안 잎 뒤에 감추어 두었던 것들
어깨에도 등에도 허리에도
주렁주렁 매달고
사각사각 바람이 한 입 베어 물어도
동그란 눈을 뚝 뜨고

단단하게 여문 세월을
두리번거리며 지나가는 이들에게
한 알씩 내던질 태세다.
그동안의 햇살과 바람과 빗줄기가
이 한 주먹에 다 들어 있다고
삭힌 단맛을 한번 맛보라는 듯

지나가면서 나도 두 주먹을
단단히 쥐어 본다.
나는 단맛이 살짝 들다 말았다.

욕심을 다 떨군 장수 사과나무로 서서

남은 생을 견디고 싶어진다.

　　　　　　　　　　　　　　　—「장수 사과나무」 전문

"그만 내려놓을 때가 되었는데/ 아직도 주먹 불끈 쥐고
서서/ 할 말이 많은 자세"의 형상은 이상인 시인의 넉넉하
고 단단한 자태를 떠올리게 한다. 이 시를 읽으면서 이상인
시인의 본연의 자태가 '단단한 주먹 불끈 쥐고' 서 있는 '장
수 사과나무'의 이미지로 나의 망막에 선연히 비쳐졌다. 장
수 사과나무처럼 그 또한 "그동안 잎 뒤에 감추어 두었던 것
들/ 어깨에도 등에도 허리에도/ 주렁주렁 매달고" 살아왔을
터이고 "사각사각 바람이 한 입 베어 물어도/ 동그란 눈을
뚝 뜨고// 단단하게 여문 세월"을 살아왔을 것이다. 그런데
도 그는 "나는 단맛이 살짝 들다 말았다"는 불가역의 시간에
대한 회한과 더불어 "욕심을 다 떨군 장수 사과나무로 서서/
남은 생을 견디고 싶어진다"는 겸양으로 시를 마무리한다.

　그런데 이번 시집에서 그가 보여 준 예민한 촉수의 시간
의식은 원환적 시간 의식으로 환원된다. 대체로 서양의 시
간관이 직선적 시간관인 데 반해 동양의 시간관은 원환적이
다. 서양의 시간은 시작이 있었으면 반드시 끝으로 귀결된
다. 하여 서양의 직선적 시간관은 진화와 진보뿐만 아니라
역설적으로 종말이나 말세를 내포하기도 한다. 하지만 동
양의 시간은 시작과 끝이 서로 원형적으로 연결되어 하나의
끝은 또 다른 하나의 시작을 함의한다. 그래서 현생의 선업

을 매개로 새롭게 다시 다가올 다음의 생을 기약하는 윤회의 관념이 형성되는 것이다. 그러한 시간관의 차이는 이편의 세계와 저편의 세계가 단절되는 서양의 세계 인식과 이편의 세계와 저편의 세계가 넘나들고 교섭하는 동양의 세계 인식의 차이를 불러오기도 한다.

그런 점에서 이상인의 시간과 공간 의식은 대단히 동양적인 데가 있다. 이번 시집에서 보여 주는 그의 시간 의식은 불가역적이지만 그렇다고 종말론적이지는 않다. 시간을 돌이킬 수는 없지만 이번의 시간이 이것으로 종결되고 마감되는 것이 아니라 다음의 새로운 시간을 그는 예정하고 기약한다.

이름도 사는 곳도 모르는 주인에게
허락도 받지 않고 일구는 묵정밭
깊이 뿌리 내린 쑥이며 억새들을 파내고
부드러운 흙 가슴에 고추, 가지, 오이, 토란을
정성껏 심었다.

잡념처럼 올라오는 잡초를 뽑아내고
물을 주니 꽃을 피우기 시작했다.
튼실하게 자라 열매도 기쁨처럼 풍성하다.

어제는 그 본 적 없는 주인으로부터
밭을 회수한다는 연락을 받았다.

꽃을 구경하고 이제 비로소
풋열매 몇 개를 따 먹었을 뿐인데

그렇다고 얼굴도 모르는 주인에게
서운함을 내비치지도 못한다.
아무도 본 적도 사는 곳도 모르니
좀 더 경작할 시간을 달라고 할 수도 없다.
그래 이번 치 생은 여기서 마무리 짓고
다른 밭을 얻어서
옮겨 가야 할 때가 온 것이다.

—「이번 치 생」 전문

이 시에서의 화자는 얼굴도 모르는 주인에게 "허락도 받지 않고 일구는 묵정밭/ 깊이 뿌리 내린 쑥이며 억새들을 파내고/ 부드러운 흙 가슴에 고추, 가지, 오이, 토란을/ 정성껏 심었"던 모양이다. 그런데 주인에게 갑자기 더 이상 경작하지 말라는 통보를 받는다. '묵정밭'에서 지금껏 고추, 가지, 오이 등을 정성껏 키워 냈다는 것인데 이제 '묵정밭'으로 상징되는 이승에서의 삶을 정리하라는 통보를 받은 셈이다. 그래서 화자는 "그래 이번 치 생은 여기서 마무리 짓고/ 다른 밭을 얻어서/ 옮겨 가야 할 때가 온 것이다"라고 판단한다. 이번의 생을 정리하고 다음의 생을 맞고 준비하려는 화자의 태도가 담박하다. 왜 그런가. 화자는 시간의 원환적 흐름을 믿기 때문일 것이다. 이번 생이 다하면 다음

생이 시작되리라는 것을 믿기 때문이다. 하여 시인은 「구절
초」라는 시에서도 "이다음 생에서나/ 다시 만날 수 있을까"
라고 하면서 이다음 생을 상상하고 기약한다.

한편 「도라지꽃」이란 시에서는 이러한 원환적 시간과 더
불어 이편의 세계와 저편의 세계가 넘나들고 교섭하는 공간
의식을 형상화한다.

　　도라지꽃을 보면 왠지
　　쓸쓸한 생각이 드는지 모르겠다.
　　가난하고 안쓰러운 얼굴들이
　　맑은 산골 물소리처럼
　　내 앞을 흘러 지나간다.
　　뻐꾸기 울음소리도 섞여 지나간다.

　　그이들은 하늘로 올라가서
　　모두 둥그런 별자리가 되어
　　눈을 깜박이고 있는지도 모르겠다.
　　이승에서 쓸쓸하게 살아가는 것은
　　죽어서 별이 되는 과정이라고,
　　이따금 그 별들이 잠시 내려와
　　도라지꽃으로 피는 거라고
　　가만가만 이야기해 주는 거다.

　　나도 문득 밤하늘에

푸른 별이 되고 싶어져서
도라지 곁에 마냥 서 있었는데
그사이에도
누군가 하늘로 올라가 별이 되고
몇 명의 낯익은 별은 내려와
도라지꽃으로 피었다.

　　　　　　　　　　　　　—「도라지꽃」 전문

　이 시에서 화자는 도라지꽃을 매개로 "가난하고 안쓰러
운 얼굴들"을 떠올리며 쓸쓸한 생각을 하기도 한다. 하지만
"그이들은 하늘로 올라가서/ 모두 둥그런 별자리가 되"는
데, "이승에서 쓸쓸하게 살아가는 것은/ 죽어서 별이 되는
과정이라고,/ 이따금 그 별들이 잠시 내려와/ 도라지꽃으
로 피는 거"라고 화자는 생각한다. 이처럼 시적 화자는 지
상·이승의 도라지꽃이 죽어서 하늘로 올라가 별자리가 된
다는 상상을 하는데, 이러한 시적 발상은 현실적 삶의 세계
와 사후 죽음의 세계를 넘나들 수 있다고 믿는 시인의 공간
관념 때문에 가능할 것이다. 시의 마지막 부분에서 "누군가
하늘로 올라가 별이 되고/ 몇 명의 낯익은 별은 내려와/ 도
라지꽃으로 피었다"고 노래하는 것도 바로 이와 같은 시인
의 공간 인식의 소산일 터이다.
　저편의 공간과 세계를 넘나들고 교섭하는 존재를 표상한
것은 「한라산 고사리」라는 시에서도 동일하게 변주된다. 화
자는 "누군가 캄캄한 저쪽 세상에서/ 이쪽 세상으로/ 손을

쑥 집어넣어 본다"고 노래한다. 지금 살아가고 있는 현실의
이쪽 세상으로 캄캄한 저쪽 세상에서 누군가가 개입한다는
시적 발상의 근원에도 이쪽 세상과 저쪽 세상을 넘나드는
상상력이 자리하고 있다. 「오이 선물」이라는 시에서도 "누
군가 허공 저편에서/ 싱싱한 오이를 이쪽으로 밀어 넣어주
고" 있다는 시적 발상은 동일하게 제시된다. 현생의 죽음 이
후의 다음 세계 혹은 현실 저편의 피안의 세계에 대한 관심
이나 믿음, 두 세계를 넘나들고 교섭하는 상상력이 그의 시
세계를 달관이나 구도의 세계로 이끌어 간다.

2. 자연과 만물에 조응하고 교감하는 삶

시애틀 인디언 추장은 「우리는 결국 모두 형제들이다」라
는 연설에서 "이 아름다운 땅은 바로 우리들의 어머니"이고
"개울과 강을 흐르는 반짝이는 물은 조상들의 피"라는 것
을 강조한다. 그러면서 "인디언은 연못 위를 쏜살같이 달
려가는 부드러운 바람 소리와 한낮의 비에 씻긴 바람이 머
금은 소나무 내음을 사랑한다"고 노래하듯 말한다. 제도 교
육은커녕 문예 창작 교육과는 상관없는 삶을 살아온 인디
언 추장의 이 연설은 그 어떤 서정시보다 더 훌륭하게 자연
과 교감하고 조응하는 인간의 삶과 사유를 표상하고 있다.
또한 "어머니인 대지와 형제인 하늘을 양이나 목걸이처럼
약탈하고 사고팔 수 있다고 생각하는 백인은 오직 사막만

113

을 남겨 놓을 것"이라는 그의 묵시록적인 예언은 지금 우리가 영위하고 있는 자본주의 문명에 대한 날카로운 예지를 담고 있다.

이상인의 이번 시집은 이러한 시애틀 추장의 지혜와 예지를 동일한 방식으로 변주하고 있다. 그는 꽃과 나무, 대지와 농경의 상상력을 매개로 자연과 인간의 조응과 교감의 가능성을 보여 준다. 이번 시집에서 가장 전경화되어 형상화되고 있는 소재는 '꽃'이다. 「불쑥 물앵두꽃이 피었다」「깊은 상처」「자꾸 말을 걸고 싶어진다」「봉숭아 꽃물 들이다」「애기사과꽃」「금둔사 납월홍매」「도라지꽃」 등의 많은 시들이 '꽃'을 형상화하고 있다.

봄이 되니 자꾸 말을 걸고 싶어진다.
주절 주저리 매화가 피었다고
직박구리 꿀 따기 전에 좀 가져가겠다고
사정하는 조잘거림 알아듣게 번역해서
너에게 전송해 주고 싶다.

너는 봄이 되니 무엇을 말하고 싶어지니

차츰 눈 풀린 앞 강물이
어서 오라고 뒤 강물에 전해 주는 말
알아듣고 졸졸 따라가는 붕어며 피라미 떼
아, 그 어지러운 송알거림

입 큰 목련이 한마디 말로 떨어져 내리면
벚꽃들이 흐드러지게 이야기를 시작하고
흰 배꽃, 사과꽃들의 반짝이는 속삭임
봄이 되니 덩달아 말을 하고 싶어진다.

새싹 내미는 네 물오른 마음 가지에
자꾸 연둣빛 말을 피워 두고 싶어진다.
　　　　　　　　　　　—「자꾸 말을 걸고 싶어진다」전문

　시인의 마을에도 봄이 온 모양이다. 봄이 되어 매화, 목
련, 흰 배꽃, 사과꽃이 피었고, 그로 인해 화자는 누군가에
게 자꾸 말을 걸고 싶어진 것이리라. '너'에게 무언가 말하
고 싶은 것은 "직박구리"나 "붕어며 피라미 떼"의 조잘거림
으로 확장된다. "새싹 내미는 네 물오른 마음 가지에/ 자꾸
연둣빛 말을 피워 두고 싶어"지는 화자의 심상이 밝고 맑고
경쾌하다. 새로운 봄을 맞아 피어난 꽃들과 교감하고 조응
하는 과정에서 화자는 '너'로 표상되는 모든 이들과의 소통
을 꿈꾸게 된 것이다.
　이러한 '꽃'을 매개로 한 식물적 상상력은 '나무'를 매개
로 한 그의 시편들에서 자연 전체를 향한 생태적 상상력으
로 확장된다. 그의 시들에서 다양한 나무들의 세목들이 제
시되고 있는데, 「깊은 상처」에서의 '배롱나무', 「추사 유배
지」에서의 '탱자나무'와 시 제목에서부터 제시된 「화살나무」
「자두나무」「매화나무가 꽃을 피워 보는 까닭」「겨울나무」

「사과나무 심기」「은행나무의 손 편지」등 그의 시들에 등장하는 나무들의 종류는 다양하고 다채롭다. 그의 일상의 삶 가운데 '꽃'과 '나무'가 그의 주요한 관심 대상이기 때문일 것이리라.

사실 원시 인류의 원형적 상상력 속에서 '나무'는 신성함이나 정령이 깃들어 있는 우주목(cosmic tree)이었다. 원시 인류에게 나무는 하늘과 땅, 음과 양의 정기를 결합시키는 매개이자 상징이었다. 단군신화에서 제사를 모시는 신단 수神壇樹야말로 우리 민족 최초의 우주목이었던 셈이다. 이 시집 속의 나무들도 그냥 무정한 자연물로서의 나무가 아니다. 시인은 형상화의 대상이 된 나무들과 교감하는 과정에서 그 나무들에 인격을 부여하기도 한다. 또한 시인은 그 나무들을 통해 지나온 삶을 반추하거나 아버지나 어머니를 호명하는 계기를 마련한다. 「자두나무」라는 시에서 화자는 자신이 자두나무를 심는 것은 "자두를 따서 손수레에 가득 싣던/ 아버지의 풍성한 마음을 고스란히 기억하기 때문"이며 "어머니의 아낌없이 주신 사랑을 추억하기 때문"이라 노래한다. "흑백의 낡은 사진첩 속에 갇혀 지내시"던 부모님을 자두나무라는 매개를 통해 호명하고 기억해 내는 계기를 마련한 것이다.

「사과나무 심기」에서도 "부모님 선산으로 돌아가시고/ 고요만 우북한 고향 땅"에 사과나무를 심는 과정에서 부모님의 사랑과 지금 살아 있음의 비의를 환기해 낸다. 그런데 화자는 이 시의 마지막에서 "주렁주렁 열릴 사과들이/ 꼿꼿하게 선 내 몸 안에 가득 찼다"고 노래한다. 이는 자아와 대상과의 일체감을 표상하는 물아일체의 경지를 보여 준다. 이러한 자연 대상과 시인과의 물아일체의 경지를 남다른 심상으로 형상화하는 역량이 이 시집만의 아우라를 구성해 낸다. 그러한 물아일체의 경지는 물활론物活論의 영역으로 확장되고 교섭된다.

늘 거기에 우뚝 서 있는
그의 가슴속에서는
강물 흐르는 소리가 들리고
더러 철새 날아오는 소리도 들리고

날마다 높다란 키로
하늘 깊숙이 고개를 들이밀고
세상 돌아가는 이치를 캐내곤 했다.

사람들은 그가
모든 것을 알고 있으리라 믿었지만
그는 한마디 말도 없이
늘 거기에 우뚝 서 있었다.

그러던 그가
늦은 가을 어느 날
노란 손 편지를 날리기 시작했다.

어떤 이는 그 편지에서
기쁨과 희망을 읽기도 하고
어떤 이는 자신의 미래를 읽기도 하고

오늘도 은행나무는
하늘의 말씀과 땅의 소원에
귀 기울이며
거기 성자처럼 우뚝 서 있다.
                              —「은행나무의 손편지」 전문

   은행나무가 "거기 성자처럼 우뚝 서 있다". 거기 우뚝 서 있는 은행나무의 "가슴속에는/ 강물 흐르는 소리가 들리고/ 더러 철새 날아오는 소리도 들"린다. 또한 은행나무는 "날마다 높다란 키로/ 하늘 깊숙이 고개를 들이밀고/ 세상 돌아가는 이치를 캐내곤 했다"는 것이다. 이 시에서의 은행나무는 무정한 자연적 대상으로서의 나무가 아니다. 은행나무는 강물 흐르는 소리와 철새 날아오는 소리를 들으며 날마다 세상 돌아가는 이치를 캐묻는 존재라는 점에서 살아 있는 감각과 영혼을 가진 인격체이면서도 신성한 대상이다. 하여 그 은행나무는 "하늘의 말씀과 땅의 소원에/ 귀 기울이"는 '성자'이기도 하다. 단군신화의 신단수이자 우주목이 바로 이 은행나무인 셈이다.
   시인이 보여 주는 물아일체나 물활론적 상상력의 대상은 꽃이나 나무에만 한정하지 않는다. 「모슬포항 요령 소리」라는 시에서는 "내 몸속으로 들어온 방어가/ 힘센 지느러미 흔들며 / 나를 마라도로 이끌어 갈 것이다"라고 노래한다. 방어가 내 몸속으로 들어와 화자와 방어가 하나가 되는 양상을 형상화하고 있다. 이러한 물아일체의 경지는 「서귀포 유채꽃」에서도 노란 유채꽃밭에서 "노랗게 흔들리는 그 속에 서면/ 이상하다,/ 나도 같이 흔들린다./ 흔들린다. 자꾸 출렁거린다"라고 묘사하면서 화자와 유채꽃과의 합일을 노래한다. 또한 『바지락 쑥국 끓이기』에서도 동일한 양상으로 형상화된다. 바지락 쑥국을 끓여 먹으면서 시적 화자는 "그럼 내 몸속에 쑥쑥 쑥이 자라고/ 질겨진 쑥대가 창창한 하늘을 가리고/ 향긋한 쑥 냄새가/ 내내 진동한다"고 상상한다. 이처럼 그의 시에서 반복적으로 제시되는 화자와 시적 대상의 일체화의 양상은 자아와 세계의 합일을 이상으로 삼는 서정시의 구경究竟을 선취해 내고 있다고 할 것이다.

그의 물활론적 상상력과 깨달음은 자연의 대상들을 넘어 무정한 대상에게까지 확장되기도 한다. 「눈 맞은 한라산」이란 시에서 "서귀포 강정마을에서 바라본 한라산/ 거대한 흰 코끼리 한 마리/ 질펀한 인간 세상을 헤집으며 걸어가고 있다"라고 노래하면서 한라산을 살아 있는 흰 코끼리 한 마리로 상상해 낸다. 「와온 여인숙」이란 시에서도 '바다'는 살아 있는 존재로 전환되어 "그의 어깨를 가만히 껴안"아 주고 "말없이 눈물을 닦아 주"는데 마침내 '그'도 "이제는 바다가 되어/ 하루내 잔잔하게 출렁이고 싶어"진다. 「무정리 정류소」라는 시에서도 담양 무정리 어느 마을 "삼거리 가에 엉거주춤 서 있는" 버스 정류소를 '그'라는 존재로 인식하면서 '그'는 "늘 무료하여 꾸벅꾸벅 졸"다가 "띄엄띄엄 오는 군내 버스 시간을 용케 기억해 내고는 부스스 눈을" 뜨기도 하고 "고개를 길게 빼고 산모퉁이를 돌아오는 버스를 바라본다" 고 형상화한다. 화자는 물활적 상상력을 동원하여 무정한 대상인 버스 정류소까지 마치 살아 있는 유정한 대상으로 환치시켜 놓고 있다.

『중용』에서는 지극한 우주의 생성 비밀로 지성至誠을 강조한다. 지성이면 감천이란 말도 여기에서 유래했으리라. 여기서 강조되는 지성은 대상과의 교감, 천지만물이 다르지 않고 하나임을 전제로 한 사유이자 태도이다. 땅과 하늘을 순환하는 생명, 생명의 보편적 흐름에 대한 경외심이 지성이란 개념에 내재되어 있는 것이다. 이는『노자』의 도법자연道法自然과도 일맥상통하는 바이기도 하다. 도법자연이란 모든 도와 진리가 자연으로부터 말미암는 것을 이르는 말일 것이고, 이는 바로 이상인 시인이 보여 주는 물아일체, 물활론의 세계관이자 깨달음의 기원일 것이다.

하여 그의 시는『대학』에서 군자(지식인)가 궁극으로 진리에 도달하는 방법으로서의 격물치지格物致知의 전범을 구현하고 있다. 격물치지格物致知는 사물의 참된 모습을 밝혀야 명확한 지식이 얻어진다는 진리 탐구의 방법론이라 할 것이다. 앞에서도 논의한 바와 같이 시인은 꽃과 나무, 자연의 대상물들의 실체와 본질을 탐색하는 과정에서 인생과 우주의 진실과 비의를 밝혀 내고 있다는 점에서 그가 격물치지의 방법과 태도를 온몸으로 체화하고 있는 듯하다. 이 같은 격물치지의 방법을 통해 그가 그의 시 속에서 궁극으로 추구하고자 하는 것은 인생과 우주의 진리와 비의에 대한 탐색이자 어떤 궁극의 깨달음일지도 모를 일이다.

3. 어진 마음으로서의 사랑과 구도의 노래

도올 선생은 『나는 코리언이다—동경대전』이라는 저서에서 죽음은 삶의 완성이자 최대의 휴식이며, 본원本源으로의 복귀라고 설파한 바 있다. 프로이트 또한 인간의 가장 본원적인 열망을 무無로의 회귀, 즉 타나토스적 본능이라고 하였다. 에로스를 강한 욕망의 근원이라 많은 사람들이 알고 있지만 그보다는 무기물로의 회귀를 지향하는 타나토스적 본능이 더 근원적이라는 것이 프로이트 이론의 핵심이다. 바슐라르의 필생의 관심 대상이었던 물·불·흙·공기(바람)야말로 바로 인간을 빚어낸 최초의 질료였던 바, 그러한 무기물로의 회귀란 모든 존재의 기원으로의 회귀 자체를 말하는 것이리라.

이상인 시인은 이번 시집에서 꽃과 나무, 자연의 대상물들의 실체와 본질을 탐색하는 과정에서 인생과 우주의 진실과 비의를 밝혀 내고 있을 뿐만 아니라 원환적 시간관을 바탕으로 불가역적 시간을 넘어 죽음 이후의 시간 혹은 그 이후 저편의 세계에 대한 자신만의 남다른 세계관 혹은 우주

론을 형상화하고 있다. 이처럼 그의 시편들에서 삶에 대한 지혜와 예지가 넘쳐나는 것은 시인이 이순의 나이를 넘어섰기 때문일지도 모른다. 그는 인생에 대한 달관 혹은 현생에서의 삶을 넘어선 그 이후 저편에 있을 죽음마저 편안하게 수용하고 있는 듯하다. 돌아갈 세계가 있는 자의 깨달음, 그것은 바로 순환적 세계 인식 혹은 원환적 시간관을 체득한 결과일 것이다. 하여 이상인의 시편들에서 보여 주는 자연과의 교감이나 원환적 시공간 의식이야말로 삶의 궁극적 완성이자 지향으로서의 죽음의 비의와 깊이 연관되어 있다고 할 것이다. 이는 그의 시편들이 죽음과 그 너머의 문제까지를 아우르는 말로 표상하기 어려운 진리나 깨달음의 궁극, 이를테면 구도의 자세나 과정을 노래하는 것임을 함의하는 것이기도 하다.

「목자木字」라는 시에서 화자는 나무에 새겨진 상형문자의 비의를 찾아내고자 한다. 그리고 화자는 나무 자체를 깨달음의 대상이자 주체로 설정하기도 한다. 하여 "아직 세상에 알려지지 않은/ 신비한 내용이 새겨져 있는 칠판을/ 하나씩 가슴에 붙인 채/ 나무들은 무언 정진하고 있었네"라고 노래한다. 「달팽이」라는 시에서 우리는 "그 문자의 뜻을 까먹었거나/ 오랜 기억에서 스스로 지워 버려서/ 바르게 읽고 해석할 수가 없"게 되었기에 "우리는 일평생/ 자신의 맨 밑바닥을 쓸고 닦는/ 달팽이 하나씩 데리고 살아간다"고 노래하기도 한다. 이 시에서 "태초부터 이어져 온/ 깊은 전언의 상형문자"를 해독하는 '달팽이'야말로 구도의 길을 찾아가는 화자 자신일 터이다.

『장자』의 '호접몽胡蝶夢'에 나오는 나비는 장자 자신이 추구하는 구도의 매개체이다. 이상인의 「나비책」이란 시도 이러한 구도의 양상을 보여 준다. "무꽃에 앉아/ 어제 읽던 자신을 접었다, 펼쳤다"는 시적 화자는 나비로 추정된다. "어른이 다 된 아이들/ 자신의 일생이 적힌 이야기책을/ 달달 외워서 검사받고 있"는 것을 지켜보는 이도 나비이고, "무꽃에 앉아서/ 내일 읽어야 할 자신을 접었다, 펼쳤다"고 발화하는 화자도 나비이다. 이 시의 화자인 나비가 인간의 의식을 가지고 있다는 점에서 이 시야말로 '호접몽'에서의 장자와 닮아 있다. 인간과 비인간의 경계를 넘어서는 구도의 발상이 참 독특하다.

이처럼 인간과 비인간의 경계를 넘어선 구도의 양상은 「선문답」「망주석」「고라니 심경心經」에서도 동일하게 변주된다.

순천만 갈대밭에 들게 되었는데 유난히 키가 크고 머리 허연 갈대 한 분이 앞을 가로막아 서며 연신 허리 굽혀 절을 하기도 하고 손으로 무언가를 가리키기도 하면서 진지하게 묻고 있는 것이었다.

아무리 생각을 비틀어 짜 봐도 그동안 지나쳐 온 이런저런 전생을 다 뒤져 봐도 나는 도대체 알아먹을 수가 없었다.

—「선문답」 부분

부처처럼 무심한 듯

한 천 년쯤 서 있고 싶다.

―「망주석」 부분

산길에 고라니 한 마리

드디어 갈 길 다하였는지 엎드려 있다.

고요한 선정에 든 듯

며칠을 꿈쩍하지 않더니

얼굴 하나 찡그림 없이 내장을 다 내주었다.

―「고라니 심경心經」 부분

「선문답」에서 화자는 순천만 갈대밭에서 "유난히 키가 크고 머리 허연 갈대 한 분"을 만나는데 그 갈대는 "연신 허리 굽혀 절을 하기도 하고 손으로 무언가를 가리키기도 하면서 진지하게 묻"는다. 화자는 "아무리 생각을 비틀어 짜 봐도 그동안 지나쳐 온 이런저런 전생을 다 뒤져 봐도" "도대체 알아먹을 수가 없었"음을 토로한다. 화자와 갈대가 선문답을 나눈다는 시적 설정인데 이 또한 인간과 비인간의 경계를 넘어선 구도의 과정이자 노력의 일면일 터이다. 이는 「망주석」이란 시에서 화자가 "한 천 년쯤 서 있"을 망주석을 부처처럼 무심한 존재로 인식하는 양상과도 동일한 설정이다. 「고라니 심경心經」이란 시에서도 화자는 죽어서 "얼굴 하나 찡그림 없이 내장을 다 내"준 고라니의 죽음을 "고요한 선정"에 든 것으로 간주하면서 고라니의 죽음의 비의를 심경心經(마음의 경전)으로 삼는다.

동학을 창건한 수운 최제우는 "나의 도는 너르고 너르지만 지극히 간략한 것이다. 그래서 많은 말이 필요 없다(吾道博而約 不用言多義)"라고 말한 적이 있다. 이상인이 이 시집에서 지향하는 삶의 지혜나 구도의 양상도 유사하다고 하겠다. 그의 널찍한 품과 담박한 태도, 말 없는 실천의 모습과 그의 시편들은 닮아 있다. 어쩌면 그가 추구하는 바를 굳이 구도의 과정이라 명명하는 것이 지나친 찬사로 비쳐질 수도 있다. 하지만 이순을 넘어서 그가 터득한 삶의 지혜와 예지가 그동안 그의 시에서 찾아볼 수 있었던 간결하고 담박한 수사적 특장과 절묘하게 조응한다는 점에서 그의 시들은 수운의 "너르지만 간략한 도"와도 통하는 바가 있다.

그런데 그가 궁극으로 추구한 도는 결국 사랑으로 귀결되는 듯하다.

배롱나무들이
울컥울컥 꽃을 토해 내고 있다.

그래 꽃을 피운다는 것은
제 몸 어딘가에 상처가 있기 때문이다.
그 상처가 깊으면 깊을수록
처절하게 아름다운 꽃을 뱉어 낸다.

우리는 누군가 오래 견디다가

아프게 뱉어 낸 꽃들이다.

—「깊은 상처」 전문

　이 시집에서 가장 도드라지는 시적 소재는 꽃이다. 그에게서 '꽃'은 단지 아름다운 관조적 대상만이 아니다. 그에게서 '꽃'은 심미적 대상이면서 자신의 삶이나 사랑에 대한 깨달음을 제시하는 객관적 상관물이다. 하여 그에게서 '꽃'은 깊은 상처로 비쳐지기도 한다. 위의 시에서 '배롱나무'들은 "울컥울컥 꽃을 토해 내고 있"는데 "꽃을 피운다는 것은/ 제 몸 어딘가에 상처가 있기 때문"이고 "그 상처가 깊으면 깊을수록/ 처절하게 아름다운 꽃을 뱉어 낸다"고 노래한다. '꽃'이 심미적 관조적 대상만이 아니라 삶의 상처나 깊이를 표상하는 것임을 시인은 역설하고 있다. 그래서 우리는 "누군가 오래 견디다가/ 아프게 뱉어 낸 꽃들"이라고 강조한다. 그가 이순의 나이를 오래 견디고 견디면서 찾아낸 구도의 힘든 성과가 꽃으로 피어나고 맺어졌다는 말일 터이다. 결국 그가 이 시집에서 제시하는 꽃들이란 그가 견뎌 온 삶의 깨달음의 상징이자 구도의 완성을 함의하는 것들이라 하겠다. 「문밖의 의자」라는 시에서 화자는 "오래 기다리고 있었다는 것을 알아챈 것은/ 또 한 번의 가을이 잠시 앉았다 가고/ 봉숭아 꽃물이 지워지고도 한참 뒤였"음을 깨달으면서 "사랑한다는 것은 기다리는 것이라고" 노래한다. 그의 오랜 시간 동안의 고되고 힘들었던 삶의 깨달음의 결과가 사랑이었노라 노래하고 있는 것이다.

하여 이 시집 전체를 관통하고 있는 주제는 사랑이다. 그가 자연과의 교감, 시간과 인간의 본질을 천착하는 가운데 도달한 궁극의 주제가 사랑이라는 말이다. 이는 그가 어쩌면 둥근 원환의 시간과 공간의 삶에 대한 통찰과 탐색 가운데 천지생물지심天地生物之心이라는 구경究竟의 경지에 가까이 도달했음을 의미한다. 이는 그의 시에서 원환적 시·공간 의식과 꽃/나무 등의 자연물과의 교감을 매개로 만물의 생의生意, 타고난 그대로의 활발하고 생생한 기운과의 교감과 소통이 제시되고 있기 때문이다. 주자에 의하면 천지생물지심은 만물을 살리는 어진 마음을 말하는데 이는 바로 군자의 덕목인 인仁의 마음일 터이다. 이러한 마음은 하늘과 땅이 무언가를 잉태하고 양육하는 마음과 같이 만물을 살리고 살아나게 하는 어진 마음으로서의 인을 이르는 것이라고 하겠다. 칸트가 말하는 이원론적 대상으로서의 인간의 인식 저 너머의 물자체의 자연의 세계와 대비되는 인간과 조응하고 교감하면서 합일을 지향하는 동양적 자연이 그의 시 속에 구현되어 있는 것이다. 이상인 시인은 이러한 생각들을 시로 체화하여 형상화하였으니 이는 어짐과 사랑의 세계에 대한 그의 윤리적 가치를 제시하는 것이기도 하다.

멀리 있는 너에게 사랑을 들려주기 위해
나는 아파서 더 크게 울어야 한다.
온몸이 깨어지는 아픔을 견디며
속 깊은 울음을 울어야

비로소 사랑이 네게 닿을 수 있다.

　　　　　　　　　　　　　　　　　—「종소리」 전문

　이 시에서 화자인 '나'는 "온몸이 깨어지는 아픔을 견디며/ 속 깊은 울음을 울어야" 하는데 이는 '나'의 사랑의 마음을 '너'에게 도달하게 하기 위함이다. 자신의 아픔, 희생으로 당신에게 그 사랑의 마음이 도달하리라는 인의 경지를 보여 주는 시편이다. 이처럼 그의 시들은 이상인 시인이 본래적으로 간직한 어진 마음과 품성으로부터 비롯된 삶과 운명에 대한 자각들, 우주 만물의 본질과 그로부터 기원하는 심리적 원형을 비상하게 포착하고 있다. 이순을 넘어선 깨달음과 예지, 그로부터의 궁극의 귀결로서의 사랑을 노래하고 있다. 그의 구도와 사랑의 노래가 강철로 된 무지개처럼 광휘에 찬 아름다움으로 피어나길 기대해 본다.